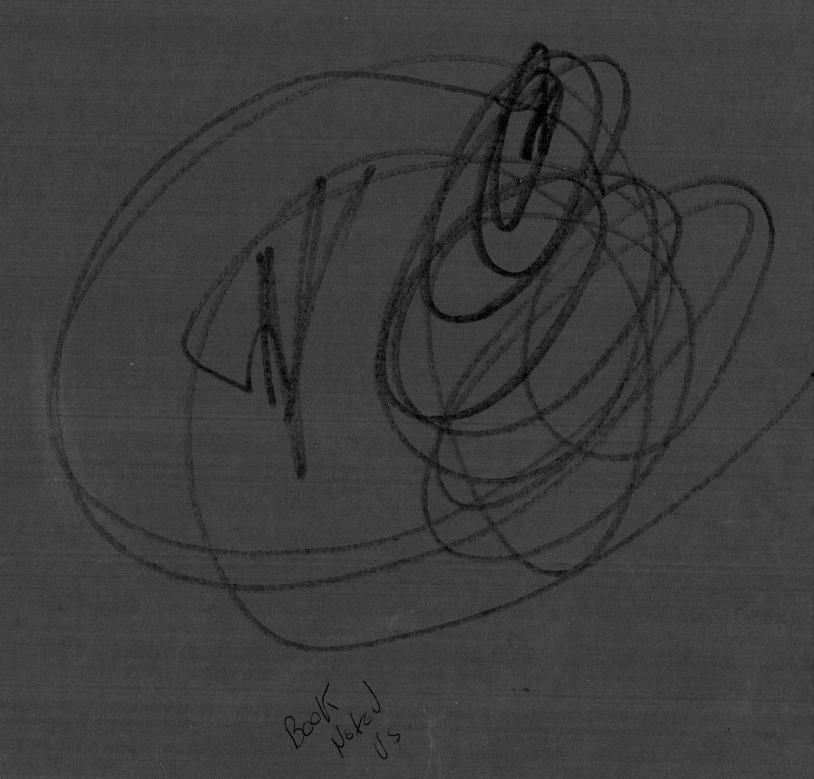

Book
Noked
Us

Promesa
de América

Por Alma Powell

Ilustraciones de Marsha Winborn

rayo

HarperCollins*Publishers*

Para Bryan and Jeffrey, les prometo...

Rayo is an imprint of HarperCollins Publishers.
America's Promise—The Alliance For Youth and ⊹ *are trademarks of America's Promise—*
The Alliance For Youth, Inc. Use of these marks by permission only.

America's Promise
Text copyright © 2003 by America's Promise—The Alliance For Youth, Inc.
Illustrations copyright © 2003 by Marsha Winborn
Translation by Osvaldo Blanco
Translation copyright © 2003 by America's Promise—The Alliance For Youth, Inc.
Printed in the U.S.A. All rights reserved.
www.harperchildrens.com

Library of Congress Cataloging-in-Publication Data
Powell, Alma.
  Promesa de América / por Alma Powell ; ilustraciones de Marsha Winborn.
     p.   cm.
Summary: When Honey and her little brother Benji move to a new
neighborhood, they meet Mrs. Mayberry, who has created a clubhouse so
the neighborhood children have a safe place to play.
Includes factual information about America's Promise—The Alliance For
Youth, Inc.
ISBN 0-06-052175-9
[1. Neighborhood—Fiction. 2. Spanish language materials.] I. Winborn,
Marsha, ill. II. Title.
PZ7.P777 Am   2003   [E]—dc21   2002010272

Typography by Jeanne L. Hogle
1 2 3 4 5 6 7 8 9 10
❖
First Edition

America's Promise

AMERICA'S PROMISE —la Alianza para la Juventud—se fundó en 1997 para incitar al país a hacer de sus niños una prioridad nacional.

Nuestra misión es movilizar a la gente de todos los sectores de la vida en Estados Unidos, para formar el carácter y desarrollar las aptitudes de la juventud de nuestra nación mediante el compromiso de cumplir cinco promesas a nuestros jóvenes:

1. ADULTOS BONDADOSOS EN LA VIDA DE CADA NIÑO

Fomentar relaciones con padres, tutores, mentores, entrenadores y otros adultos que se interesan por el bienestar del niño.

2. UN LUGAR SEGURO AL SALIR DE LA ESCUELA

Crear lugares con actividades estructuradas durante las horas sin clases.

3. UN COMIENZO SALUDABLE

Proporcionar alimentos nutritivos, vacunas protectoras y buena atención dental y sanitaria.

4. APTITUDES CON VALOR COMERCIAL

Ofrecer educación útil y experiencias prácticas para desenvolver una profesión.

5. OPORTUNIDADES DE OFRECER AYUDA A LOS DEMÁS

Alentar el servicio a la comunidad, de manera que el ciclo continúe.

Más de quinientas organizaciones y comunidades en toda la nación se han comprometido a cumplir estas promesas.

Americanos trabajando juntos por un futuro más prometedor... Esta es nuestra promesa a la promesa de América, los niños de América.

—ALMA POWELL

—¡B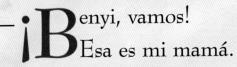enyi, vamos!

Esa es mi mamá.

—Mi carrito se ha atascado.

Ese es mi hermano, Benyi. Él no va a ninguna parte sin su carrito rojo.

Acabamos de mudarnos, y mamá va a empezar un nuevo trabajo. Tenemos que ir a una guardería hasta que ella encuentre una persona que nos cuide.

Sólo por unos días, Melita.

¿Tenemos que ir a la guardería, mamá?

5

Al doblar una esquina, encontramos
un grupo de niños sentados en una
escalinata. Hay una niña de mi edad,
un chico que parece un poco mayor
y un par de pequeños como Benyi.

—Hola, ¿ustedes son nuevos
por aquí? —pregunta la niña.

—Sí, me llamo Melita.

—Mi nombre es Marigold.
Vamos para la casa de la
Sra. Mayberry.
¿Quiéres venir
con nosotros?

¿Quién es la Sra.
Mayberry?

6

Marigold explica que la Sra. Mayberry vive en la misma cuadra.

—Era maestra, pero ahora está retrasada.

—¡Querrás decir *retirada*!… ¡Hola! Yo soy Justin. La Sra. Mayberry les dijo a nuestros padres que esta calle es demasiado peligrosa para que juguemos en ella, y que iba a tratar de hacer algo sobre el asunto. Y ahora jugamos en su casa.

Melita, cuida bien a tu hermano. Necesito contar contigo hoy.

Está bien, mamá.

Mamá dice que ella ya ha oído contar cosas muy buenas sobre la Casa para Jugar y Aprender de la Sra. Mayberry.

Ella llama a la Sra. Mayberry para presentarnos y averiguar si podemos ir de visita. Mamá me dice que también debo llevar a Benyi.

PROMESA DE AMÉRICA Cada niño tendrá en su vida un adulto bondadoso.

9

Nos ponemos en camino.
Pero…

—Primero tenemos que ir por
Melvin —me dice Marigold.

En la tienda de la esquina,
un joven llamado Melvin saluda
a Marigold con la mano y le dice
a su tío, el Sr. King, que
ya ha terminado.

Buen trabajo. Ahora, llena el
carrito de tu amigo con manzanas y
naranjas, y vayan a divertirse.

VENDEMOS
POLVO
ANTIPULGAS

SOPA
CALIENTE

BEBIDAS
FRESCAS

SE NECESITA
PERSONAL
Empleado de almacén,
responsable y con
buenas aptitudes de
organización.
Los interesados deben
hablar con el Sr. King.

 PROMESA DE AMÉRICA Todos los niños desarrollarán
aptitudes que les permitan ganarse la vida.

Mientras cargamos el carrito de Benyi, Melvin me cuenta que él trabaja en la tienda de su tío todos los sábados. Le pregunto si no extraña jugar con sus amigos.

—A veces —dice—. Pero vale la pena. Estoy aprendiendo a ser cuidadoso y a hacer las cosas bien. Y eso es importante para un contador.

¿Qué es un contador?

Un contador ayuda a la gente a administrar su dinero. Y eso es lo que quiero ser yo cuando sea grande.

¿Y la Sra. Herb, del restaurante? Todos los miércoles, después de clase, ella me enseña a cocinar.

Gracias por la fruta, Sr. King.

$1.49 lb.

MANZANAS

NARANJAS

BANANAS

Después de conocer a la Sra. Mayberry, descubrimos toda clase de cosas muy interesantes para hacer.

Al principio, Benyi se pega a mí, pero muy pronto la Sra. Mayberry lo hace ir a su lado a leer un libro. ¿Pueden creer ustedes que ella tiene un libro acerca de un carrito rojo?

Communidad Mayberry
CASA para JUGAR y APRENDER

¡LECTURA!

¡ES EL MEJOR CAMINO!

PROMESA DE AMÉRICA Todos los niños merecen lugares seguros para aprender y jugar.

¡HORA DE AYUDAR A OTROS!

Nuestros Ayudantes

Arthur

B.J. Petunia Justin Marigold

¡ANÍMATE!

El alcalde hizo este tablero para el Sr. Mayberry cuando era niño.

Pasen el tesoro —digo yo— ¡Arrr...!

¿De veras?

Marigold me enseña a jugar a las damas en este tablero hecho todo de madera. Ella dice que era del Sr. Mayberry antes de morir.

¡Bueno, chicos, es hora de llenar el estómago con buen alimento!

Hay que alimentar el cuerpo y la mente con cosas nutritivas, si no, se cansan y se ponen perezosos.

¡CEPÍLLATE LOS COLMILLOS!

Acabo de ganar el primer juego de damas de mi vida cuando aparece la Sra. Mayberry, que sale de la cocina con un gran cuenco en los brazos. Corta todas las manzanas y naranjas y prepara una ensalada de frutas.

PROMESA DE AMÉRICA Todos los niños merecen un comienzo saludable, que incluya buena alimentación, cuidados médicos y ejercicio.

Después de la merienda, la Sra. Mayberry se acerca a una vieja máquina tocadiscos. Le da a un interruptor y comienza a salir música. Es jazz, como el que toca mi tío Jesé en su saxofón.

Victrola

¡ESTOY CRECIENDO!

—TRA LA LÁ, TRA LA LÁ, LA LÁ —grita el cantante en el disco,
y todos los chicos cantan con él. Justin finge que toca el saxofón.
Marigold y yo bailamos y bailamos hasta caer riéndonos al piso.
Cuando estamos levantándonos, se oye que llaman a la puerta.

—¿Quién es? —grita la Sra. Mayberry.

—El Alcalde Crawley —contesta una voz sonora.

El alcalde gobierna toda la ciudad. ¿Por qué vendrá aquí?

Cuando la Sra. Mayberry abre la puerta y entra el alcalde, la habitación parece volverse más pequeña. Es un hombre alto, corpulento, con una sonrisa amable y una voz parecida a la de mi tío favorito... mi tío Jesé.

El Alcalde Crawley nos habla de un nuevo lugar para jugar.

19

—Pero esperen un poco, niños —dice el Alcalde Crawley—. Aún no pueden jugar allí... Es sólo un terreno baldío. Nos explica que, para convertirlo en un parque, la municipalidad necesita limpiar el terreno y convertirlo en un lugar seguro para los niños.

—¿Por qué no limpiamos el terreno nosotros? ¡Podríamos hacerlo ahora mismo!
—dice Marigold.

¡Vaya! ¡Un momento! Es muy generoso lo que ofrecen ustedes. Pero hay que trabajar mucho. No es como jugar; es como tener un trabajo.

Yo ♥ Nuestra Ciudad

20

—Por favor, Sr. Alcalde, déjenos ayudar —le ruego.

El alcalde se tira de la barba, mira a la Sra.

Mayberry, y le pregunta: —¿Qué piensa usted?

La Sra. Mayberry mira muy fijo al alcalde y

contesta: —Estos niños no desperdician una

oportunidad cuando se les presenta, señor.

Si se empeñan, pueden hacer el trabajo.

Viajamos todos en el coche del alcalde. Pero cuando bajamos, se me sube el corazón a la boca. El terreno está lleno de cuanto uno pueda imaginarse.

La hierba está más alta que Benyi.

—Nadie dijo que iba a ser fácil —dice el alcalde.

Entonces Melvin dice:

—La Sra. Mayberry siempre nos dice: "Si piensas que puedes o piensas que no puedes, probablemente tengas razón".

Me vuelvo hacia el alcalde y le digo:

—Señor, estamos listos para trabajar.

El alcalde se aleja en su coche y regresa con todas las herramientas que necesitamos: bolsas para la basura, guantes, rastrillos, hasta un viejo cortacésped. El alcalde nos dice que tiene que ir al ayuntamiento, pero que volverá más tarde para ver cómo nos va.

Recogemos las piedras, los ladrillos, los caños y trozos de vidrio. Cargamos todo eso en el carrito de Benyi y lo llevamos al costado del camino. Los chicos más grandes se turnan para cortar la hierba.

Benyi y los niños pequeños también trabajan mucho. Los guantes que usan son tan grandes que les cubren los brazos casi por completo.

¡Mi papá me enseñó a usar esta clase de cortacésped!

PROMESA DE AMÉRICA Todos los niños aprenderán maneras de aportar algo a su comunidad.

¿Alguno de ustedes, trabajadores, tiene ganas de comer?

Justo cuando empezamos a sentir hambre, el tío de Melvin, el Sr. King de la tienda, aparece en su coche. Nos trae una caja llena de sándwiches y jugos para todos. ¡Esa comida nos sabe riquísima!

Después de almorzar, volvemos al trabajo. Finalmente, cinco horas después de haber empezado, el terreno se ve mucho mejor, salvo por una enorme roca.

Al principio, Marigold y yo tratamos de moverla. Pero no cede. Entonces les pedimos ayuda a todos los niños pequeños. Eso tampoco da resultado.

Justo en ese momento llega el alcalde en su coche.

No puede creer todo el trabajo que hemos hecho. Pero hay un problema... esa gran roca.

Esto es fantástico. ¡Lo terminaron!

No hemos terminado nada a menos que podamos quitar esa roca

El alcalde es un hombre realmente grande. Y realmente inteligente:
se agacha para usar las piernas y la espalda, y dice:

—¡Upa!

La roca se desprende del suelo. El alcalde empuja más fuerte. Pero
no puede voltearla. Nos mira con cara de decepción.

Yo me quedo mirando fijamente al suelo y doy una patada a una
mata de hierba recién segada.

—Ustedes hicieron todo lo posible, niños —dice la Sra. Mayberry.

—Así es —dice el alcalde—. El cuerpo humano tiene un límite, y entonces necesitamos máquinas para terminar el trabajo. Tengo una idea.

Se dirige hacia una de las bolsas y saca de ella un largo tubo de metal.

Luego señala un viejo ladrillo de hormigón.

—Lleven eso junto a la roca.

Marigold y yo seguimos sus instrucciones.

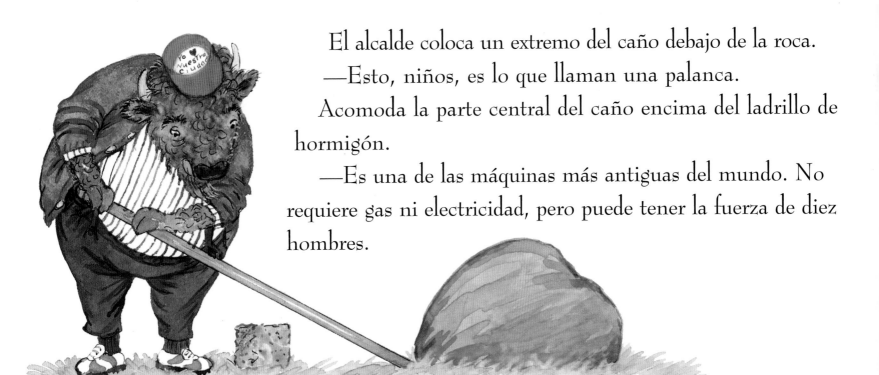

El alcalde coloca un extremo del caño debajo de la roca.

—Esto, niños, es lo que llaman una palanca.

Acomoda la parte central del caño encima del ladrillo de hormigón.

—Es una de las máquinas más antiguas del mundo. No requiere gas ni electricidad, pero puede tener la fuerza de diez hombres.

El alcalde empuja la palanca hacia abajo.

Con facilidad, el caño levanta poco a poco la roca ¡hasta que la hace rodar!

La roca cae rodando y rodando hasta quedar con la parte de arriba hacia abajo cerca del borde del terreno. El alcalde sonríe con orgullo.

—A veces, cuando la fuerza no basta, hay que usar el cerebro.

—Sí, señor —dice Melvin—, pero aun con una palanca no podrá meter esa gran roca en su coche y llevársela de aquí.

—No —dice el alcalde—, pero creo que no importa. Porque ¡miren! Alguien más está usando también su cerebro.

—Dejémosla simplemente aquí —dice Benyi— para los chicos que se cansen de jugar y quieran echar una siesta.

Todos soltamos la risa. Luego ayudamos al alcalde a cargar su coche con la basura y las herramientas.

Al alejarse el coche con el alcalde, decimos adiós con la mano.

Benyi es a veces muy divertido.

Cuando el coche se pierde de vista, me aparto de los otros y empiezo a pensar en mi casa. Todos estamos listos para ponernos en camino, salvo Benyi. Él todavía está mirando la calle por donde se alejó el coche del alcalde.

¿Creen que yo podría ser como él algún día, cuando sea grande?

Sí, lo prometo.